JEAN-BAPTISTE ROBIN

QUI

PAPILLONNE

TOURS

Imprimerie Victor JOUBERT

1912

MUSE

QUI PAPILLONNE

Jean-Baptiste ROBIN

QUI

PAPILLONNE

TOURS

Imprimerie Victor JOUBERT

1912

DU MÊME AUTEUR

Tristesses & Rancœurs.

L'Amiral Courbet en Orient.

Carméla.

SANG VIEUX

*A Madame Paula de S****

Mignonne, m'en veux-tu de t'avoir mise au monde
Maladive et vieillotte, apportant la pâleur
De la mort au berceau ? Toi, si belle et si blonde,
Me hais-tu quand ton front blêmit sous la douleur ?

A l'automne, parfois, si le soleil inonde
De ses faibles rayons la terre, est-ce un malheur
Qu'il la réchauffe assez pour la rendre féconde,
Et qu'elle puisse encor se parer d'une fleur ?

Tendres boutons, hélas ! votre tige est bien frêle,
Bien frileuse, et j'ai peur qu'un frimas, d'un coup d'aile,
Ne vienne la briser, d'un souffle vous flétrir.

Et l'enfant des vieux jours, ah ! craignez qu'il ne vive
Qu'une fin de saison : comme rose tardive
Qui meurt de froid sitôt qu'elle va s'entr'ouvrir.

LISE

*A la mémoire de Lise M****

Lise avait les yeux bleus,
De petites dents blanches,
De fins et blonds cheveux,
Qui tombaient jusqu'aux hanches.

Quel entrain quand, parfois,
Au sortir de l'école,
On fuyait vers les bois,
L'âme de plaisir folle.

Son rire s'échappait
Sonore et par saccades :
On eût cru qu'il coulait
Des perles en cascades.

On dérobait aux prés
Fleurs grandes et petites,
Papillons empourprés,
Boutons d'or, marguerites.

*
* *

Sourires et gaîté,
Front pur et minois rose
Et de tant de beauté
Le Seigneur en dispose.

Papillons du printemps,
Fleurs que l'on met en gerbes
Tombent avant le temps
Où l'on fauche les herbes.

La fillette qui dort
Dans son cercueil de chêne,
O trop cruelle mort,
Avait sept ans à peine.

Ce n'est pas ici-bas
Que les anges demeurent :
Ils y font quelques pas ;
Notre terre, ils l'effleurent.

BONAPARTE

Dieu me garde, Empereur, de réveiller ton ombre,
Et je m'en voudrais trop que l'on me compte au nombre
De ces auteurs fameux qui ne devinrent tels
Qu'en foulant sous leurs pieds tes lauriers immortels ;
Qui sans vergogne ont pris au foyer de ta gloire
Le tison qui devait jeter sur leur mémoire
Un peu de ton génie et l'immortalité,
Auréoler leur nom pour la postérité.

Non, je ne serai pas renverseur de colonnes.
Je ne sers aux Césars ni hontes ni couronnes ;
Et, pour ne dire d'eux ni du mal ni du bien,
Je soutiens que les rois ne furent jamais rien.

Nous ne devenons grands que par les circonstances.
Le hasard agit seul, seul il préside aux chances
Qui tour à tour font l'homme heureux ou malheureux :
C'est lui qui fait les rois, c'est lui qui fait les gueux.
Mais, l'homme, lui, n'est rien qu'une viande en charpente.
Il va, belle machine, il glisse sur la pente
Où mène le génie ou l'imbécillité.
La loi qui le régit, c'est la fatalité.

Et toi, Napoléon, sur le champ de bataille,
Quand tu bravais le plomb et toute la mitraille ;
Quand ton coursier fumant se poissait les sabots
Dans le sang noir des morts, dans le sang en caillots ;
Quand tu brisais les rois pour couronner les braves ;
Quand tu faisais, cruel, fusiller les esclaves
Et que tu défiais, toi seul, le genre humain :
Le génie était là te tenant par la main.

Et ce n'est pas à toi, vil instrument qui tue,
Qu'on aurait dû plus tard dresser une statue :
Tu fus toujours poussé, consul, empereur, roi,
Par la nécessité, l'inexorable loi.

Tous les hommes ne sont ni rampants ni sublimes,
Et l'on ne peut pas plus te reprocher tes crimes
Qu'on ne peut admirer tes nobles actions :
Car *Génie* et *Fatum* sont des abstractions.

JACQUES BÉNÉZEC

C'était un bon soldat que Jacques Bénézec,
Un robuste gaillard de ces races guerrières
      Qui longtemps tinrent en échec
Les cosaques du Nord, les brigands mercenaires,
Que le fier Souvarow envoyait en avant.
Au camp les vétérans l'avaient nommé « La Foudre ».
Bien souvent on le vit les mains noires de poudre
      Avec la lèvre en sang.

Ah ! c'est qu'il en fallait déchirer des cartouches
Pour arrêter l'élan des nombreux escadrons,
      Terrasser les Teutons farouches !
Mais les Français d'alors étaient de vrais lurons :
La furie emportait, la lutte était atroce.
Baïonnette au canon ils montaient à l'assaut,
Et quand ils délogeaient l'ennemi de là-haut
      C'était avec la crosse.

Bénézec se trouvait au grand combat d'Eylau,
Dans le noir cimetière, aux ordres de Dorsenne.
      De sa joue il perd un lambeau,
Dans une charge à fond des dragons de l'Ukraine.

Jacques se bat toujours. Les Russes sont à bout.
Dans la fumée épaisse, on étouffe, on suffoque,
Mais comme son drapeau, là-bas, réduit en loque,
    Jacque est encor debout.

Il fut assez heureux, car jamais une balle
Ne lui creva la peau. Sans peur, plein de sang-froid,
    Alors qu'autour de lui tout râle,
Il assomme, il abat, il vise et tire droit ;
Ne fait point de quartier, et, la mort, il la brave.
Il n'a jamais aimé que le bruit du canon :
Sa devise est *Devoir* ; son dieu, *Napoléon*.
    En un mot, c'est un brave.

Et lorsque j'ai revu ce vieux parcheminé,
Ce soldat balafré, ce débris de l'Empire,
    Ce triomphateur obstiné,
Il était bien portant et je l'entendais dire :
« Après avoir lutté dans trente-deux combats,
« Dans le dernier carré que commandait Cambronne ;
« A quatre-vingt-douze ans j'ai la carcasse bonne.
    « La mort ne me veut pas. »

LE SONGE

NAPOLÉON

Toujours des escadrons !... et dans la plaine immense
Les bataillons passaient : et c'était le silence
Bien qu'ils poussassent tous avec la même ardeur
Ce cri divinisé de « Vive l'Empereur ! »

Lui, le front découvert, assistait, morne et sombre,
Au défilé sans fin des régiments sans nombre,
Insensible aux hourras, aux exaltés transports
Qui semblaient s'échapper des poitrines des morts.

Je les voyais passer dans la plaine profonde,
Tous allongeant le pas, et tous la bouche ronde,
Mais le mot qu'ils criaient, je ne l'entendais pas ;
Je devinais le bruit cadencé de leurs pas.

Et ces soldats vainqueurs qui promenaient leur gloire,
Ces fournisseurs de noms aux pages de l'histoire,
Tous ces triomphateurs, prisonniers du tombeau,
Avaient pris pour revivre un coin de mon cerveau.

La vision partit comme un éclair s'efface ;
Comme s'évanouit par le temps, par l'espace,
Tout mortel, eût-il fait des exploits immortels ;
Comme fond la fumée au-devant des autels ;

Comme l'ombre prend fin si disparaît la chose ;
Comme meurt le parfum quand est sèche la rose ;
Comme s'éteint l'étoile aux rayons du soleil,
Et comme fuit le songe aussitôt le réveil.

LE RÊVE

Strasbourg était en fête.
Le vieux clocher branlait
Du bas jusques au faîte ;
Son gros bourdon beuglait
Aussi fort que la taure
Qu'un loup mord jusqu'au sang.
De cet airain sonore
On martelait le flanc
Avec le battant lourd ;
On remplissait l'espace
D'un son énorme et sourd
Et qu'aucun bruit n'efface.

Les hallalis des cors,
Joints aux airs des fanfares,
Formaient de gais accords
Et des effets bizarres.
Les rayons de soleil
Se dardaient sur les cuivres
Et rendaient tout vermeil.
Des gens paraissaient ivres ;
D'autres semblaient danser,

L'œil ébloui qui cligne
Croyait voir balancer
Les mâts rangés en ligne.

Des fleurs, encor des fleurs !
Et les femmes d'Alsace
Portaient les trois couleurs.
Plus loin, à pleine brasse,
De beaux petits enfants
Avaient toute leur charge
De bouquets odorants.
Sur le boulevard large,
Çà et là, l'on chantait
La chère *Marseillaise*.
Tout un peuple exultait :
L'Alsace était française.

Avec douleur j'ai vu
Ma jouissance brève :
Car ce n'était qu'un rêve
Au réveil disparu.

LA MORT DE SARDANAPALE

(D'après le tableau de DELACROIX)

Quand, les sens émoussés et les chairs insensibles,
Il crut avoir goûté tous les vices possibles,
Sardanapale dit : « Je n'ai plus qu'à mourir.
« Qu'on bâtisse un bûcher et sur lui qu'on entasse
« Mes trésors et moi-même... et périsse ma race !
    « Ce sera mon dernier plaisir. »

Il ne fallut pas moins que des forêts entières
En amas réunis par de fortes lanières
Pour pouvoir élever ce bûcher colossal.
On le couvrit de bois odorants de Judée ;
— La mort a ses douceurs en la blonde fumée
    Des bois de rose et de santal. —

Tapis, femmes, chevaux, la royale cassette,
Tout s'empile sans ordre et sans pitié l'on jette,
Pêle-mêle, parmi les vases précieux,
Sur l'échafaud fatal qui déjà plie et grince,
Vingt vierges d'Ecbatane et les enfants du prince,
    Tout, jusqu'aux cendres des aïeux.

Le sérail est désert et le palais est vide.
Des bourreaux ont jonché l'immense pyramide
Des corps nus et sanglants que la mort refroidit.
Et dans tout ce fouillis offert en sacrifice,
Sardanapale, lui, couronne l'édifice,
    Accoudé sur son vaste lit.

Ni les cris de ses fils, ni les pleurs de ses femmes,
Ni ses coursiers piaffant à l'approche des flammes,
Ce cœur froid et flétri, rien n'a pu le toucher.
Le tyran assyrien regarde, d'un œil cave,
Le noir brandir la torche et... ce dernier esclave
    Monter les degrés du bûcher.

LES PHARAONS

I

Pharaons, pardonnez aux modernes poètes
Pour qui rien n'est sacré, pas même le tombeau,
Qui sur le sistre ancien dégoisent leurs sornettes
En profanant les rois jusque dans leur caveau.

En vain l'on vous tassa dessous des pyramides,
Ecrasés sous le poids du sommeil éternel :
Je veux vous en tirer, ô cadavres rigides,
Seriez-vous enfouis sous des tours de Babel.

Ah ! ne les cachez plus vos splendeurs décrépites,
Les angles de vos corps par le temps corrodés ;
O faces du passé dans les baumes confites
Sortez de vos cercueils, venez et répondez.

II

Despotes ou tyrans d'une nation lâche,
D'un stupide troupeau que l'on tond sans relâche,
Quand ce peuple ignorant, qu'on piétine à l'envi,
Pendant vingt ans et plus vous l'avez asservi,
Vous croyez être grands ayant fait votre tâche.

Vous n'êtes, potentats, plus rien dans le cercueil
Et votre majesté s'arrête sur ce seuil.
Le remords seul survit, dans l'au-delà vous guette :
C'est pourquoi, Nitokris, je vous vois inquiète
Parmi tant d'autres morts témoins de votre orgueil.

Aux temples de Philé, sous chaque arcade sombre,
Le visiteur croit voir encor passer votre ombre.
L'écho de votre voix, dans les dômes perdu,
Aux lambris dédorés est encor suspendu :
On l'entend se choquer aux colonnes sans nombre.

Reine, vous avez pu vous garantir du ver,
Exhiber autrefois le plus beau ton de chair
Et souple vous pâmer de vin et d'amour soûle.
Les siècles ont passé : l'enchanteresse croule ;
Ce n'est plus qu'un poussier nébulosant dans l'air.

⁂

Ménès, Papi, Thoutmès, votre gloire est usée.
Rois aromatisés, la science amusée
Rit de vous avoir vus confier au saleur
Une viande inutile, une peau sans valeur.
Votre tête fait bien aux vitres d'un musée.

Toi le représentant du divin Osiris,
Illustre Pharaon, cruel Aménophis,
Tu gardes dans l'histoire une vilaine page
Pour avoir poursuivi de ta haine sauvage
L'Impur à qui tu dois tes palais de Memphis.

A tous ces travailleurs tu leur mis des entraves
Et tu tremblais encor : les rois ne sont pas braves.
C'est que les ouvriers dans leur teint hâve et noir
Et tous les miséreux on n'aime pas les voir.
Il fait peur aux heureux tout ce peuple d'esclaves.

De Syène au Delta tu l'as anéanti ;
Et dix siècles durant le Nil a retenti
De son cri de douleur, de son cri de vengeance.
Mais de l'assassinat de cette vile engeance
En as-tu rendu compte au jour de l'amenthi ?

Bienheureuse contrée où l'on vit les édiles
Massacrer leurs sujets, sacrer des crocodiles ;
A Bubaste enterrer les chats et les ibis,
Faire incliner les fronts devant le bœuf Apis.
Vos sujets, Pharaons, étaient donc bien dociles !

Et l'on vous adorait, vous, de simples mortels
Quand tout resplendissants sur les sacrés autels
Parfois on vous montrait à la foule éblouie,
Entourés de bétail, de la faune inouïe
Qui trouble de ses cris les hymnes solennels.

Les hommes bâtissaient des palais pour les bêtes,
Des temples somptueux pour mettre leurs squelettes ;
De la tombe ils étaient les humbles desservants :
Pour honorer les morts on tuait les vivants.
Des gens nus comme vers faisaient des bandelettes.

Colosses d'Ibsamboul, raides en votre habit
Que l'on vous a taillé dans le plus dur granit,
Sans doute on vous fit grands, ô rois muets et mornes,

Pour mieux flatter votre ombre et votre orgueil sans bornes,
Afin que près de vous l'on parût plus petit.

Lorsque pompeusement votre royale épaule
Portait la soie et l'or brodés sur une étole,
Est-ce que vos sujets comme de pauvres gueux
N'avaient que des habits déchirés et boueux ?
Du bonheur aviez-vous, seuls, tout le monopole ?

Étiez-vous de ces rois fainéants, toujours las,
Ennemis déclarés de tous les ventres plats ?
Étiez-vous de ces rois, et qu'on poudre, et qu'on frise,
Lorsque le paysan sur le sillon se brise,
Se maculant les mains avec le limon gras ?

I I I

Ma voix se tut soudain : dans la longue travée
Où séchaient à jamais tous ces fils du soleil,
D'un sarcophage un roi, momie enjolivée,
Sortait plein de torpeur de son profond sommeil.

Je vis se relever cette carcasse raide :
Tel un morceau de bois soulevé par un bout ;
Tant ficelé serré qu'on l'eût dit unipède.
Frissonnant j'écoutai ce Pharaon debout.

D'une voix qui semblait partir d'un poumon vide,
Fatiguant l'auditeur tant il fallait d'efforts
Pour que le mot parvînt jusqu'à l'oreille avide,
Il dit, en retombant : « Laissez dormir les Morts. »

Pauvre ouvrier dont la carcasse
Se gèle aux fissures des toits ;
Vous, qui grelottez dans la crasse
De vos bourgerons trop étroits ;

Si l'hiver vous hâle la face
Et souffle ses terribles froids ;
Lorsque la bise du nord passe,
Rapide, et vous raidit les doigts,

N'est-ce pas vous jeter l'injure
Que se pavaner en fourrure,
Quand vous n'avez rien sur le dos ?

Honte à toi, bourgeois, qui regardes
A sacrifier pour leurs hardes
Le prix d'un de tes paletots !

ÉPISODE DE LA COMMUNE (1871)

A coup sûr on tirait sur les soldats en ordre.
Sous notre feu plongeant combien ont dû se tordre
Dans les convulsions poignantes de la mort.
Vaincus, les fédérés, dans un suprême effort,
Luttaient, luttaient toujours. Les barricades prises,
Ils avaient envahi les maisons, les églises ;
Et sans cesse et toujours massacraient de là-haut
Les soldats fatigués de monter à l'assaut.

Mon voisin, un zingueur, voit un gros capitaine :
« Eh ! dis donc, vieux bourgeois, montre donc ta bedaine ! »
Visant, il attendait de le voir se tourner,
Marmottant dans ses dents : « Faut que je la lui perce. »
« Au numéro 5, feu ! » j'entendis ordonner...
« Touché ! » dit l'ouvrier, tombant à la renverse.

Pantelant, à mes pieds, gisait ce moribond.
La balle meurtrière il l'avait en plein front.

LA PRIÈRE DU PAUVRE

Tu l'as donc maudite ma race,
Seigneur. Ai-je bientôt assez
Souffert et pourri dans la crasse
Des haillons que j'ai ramassés ?

Dès longtemps pour rester honnête
J'ai vécu misérablement.
Aux voleurs là-bas l'on fait fête :
Moi, l'on m'insulte impudemment.

Les bourgeois du trottoir me poussent :
Je trempe au ruisseau mes pieds nus ;
Et leurs carrosses m'éclaboussent.
Ils ont horreur des mal vêtus.

Le grand dans son orgueil t'abhorre
Et cède aux instincts les plus bas :
Tu brûlas Sodome et Gomorrhe,
Mais lui, tu ne le punis pas.

Que ne jettes-tu dans le gouffre
Le riche : il ferait place au gueux.
Depuis quarante ans que je souffre
N'est-ce pas mon tour d'être heureux ?

Si je dois garder ma misère
Et rester sur terre un manant,
Seigneur, exauce ma prière :
Replonge-moi dans le néant.

LE CHEVAL DU BOUEUR

Pauvre bête sacrifiée
Qu'un homme rosse à tour de bras,
Dont la charpente ossifiée
Est plus maigre qu'un échalas,

Par tant de coups terrifiée
Tu trembles sur tes jarrets las ;
Et sur ta peau scarifiée
Se répandent des poussiers gras.

Tu hennissais dans les prairies
Et tu portas des armoiries,
Jadis, dans un autre milieu.

Maintenant un boueur te tue.
C'est en te cognant qu'il crie : « hue ! »
Et qu'il jure des N. de D.

LE PHTISIQUE

Pâle, les yeux vitreux, près du mur recrépi
Sur lequel se réfracte un soleil refroidi,
Le malade debout, rêve, crache et toussotte.
Calme, il emmagasine en hâte sous sa cotte
La béate chaleur de ce dernier rayon.

Mais déjà le soleil s'engouffre à l'horizon :
On n'aperçoit bientôt qu'une lueur rougeâtre
Comme celle que laisse un tison dans son âtre.

L'homme alors se réveille et frissonne de froid.
Chancelant, à grand'peine, il regagne son toit.

Pour tous ces grelotteux elle est dure la route,
Car le poids sous lequel leur maigre dos se voûte
Doit être lourd, très lourd : c'est le poids de leur mal ;
C'est ce sacré poumon qui sèche et marche mal,
Qui leur fait résonner le râle dans la gorge,
Qui s'affaisse sans air comme un soufflet de forge.
Le poumon, le soufflet perdent vent de partout :
Tous les deux sont crevés, tout les deux sont à bout.

D'alimenter le feu qui jamais ne s'allume,
L'ouvrier fatigué s'asseoit sur son enclume,
Croise ses bras poilus, cesse de travailler.

Comme lui, le phtisique est las de batailler
Contre la mort qui veut sur un restant de flamme
Poser son éteignoir.
                    Défaillant, il rend l'âme.

L'ABANDONNÉ

Je suis venu je ne sais d'où :
Comme par hasard de la mousse
Émerge l'angle d'un caillou
Ou bien le champignon qui pousse.

On me prétend laid comme un pou
Parce qu'en bas mon nez rebrousse
A l'instar d'un bec de hibou ;
Parce que ma tignasse est rousse.

On me fuit comme un loup-garou
Et mon repaire est dans un trou.

Pauvre, j'ai faim, j'ai froid, je tousse ;
Je suis aussi maigre qu'un clou.
C'est en vain que je me trémousse
Pour obtenir un petit sou.

Brigand, il faut que je détrousse
Le bourgeois avare et grigou,
En attendant qu'on me repousse
Dans l'au-delà... je ne sais où.

BILLOT, CORDE ET TRIANGLE

LE BILLOT

Prés du billot fatal est posté le bourreau,
    Bel atlante d'architecture :
On voit se bossuer sous le poil et la peau
    Sa robuste musculature.

Solidement campé, hâche en main il attend,
    Il attend cette loque humaine
Qui pleure, crie et geint, qui vient péniblement
    Croulant sur ses jambes de laine

Le pauvre est étêté comme un simple canard,
    Et le coup écrase sa face :
Cette tête sanglante avec son nez camard
    On l'exhibe à la populace.

LA CORDE

Garotté, ficelé comme un vrai saucisson,
    On le porte sous la potence ;
On lui passe un licol au-dessous du menton ;
    Du haut d'un tremplin on le lance.

Oh ! le vilain tableau quand un bourreau ventru,
    Pour lui déboîter la colonne,
Saute d'un bond brutal sur le dos du pendu
    Et comme un singe s'y cramponne.

Mourir ainsi dans un voyage aérien
    N'est pas une chose banale :
Mais ce n'en est pas moins un supplice de chien,
    D'un chien qu'on sait avoir la gale.

LE TRIANGLE

Les modernes Caïns ont des songes affreux
    Dès qu'ils savent que Deibler bouge.
Et pourtant c'est à tort que tous les crapuleux
    Ont horreur du triangle rouge.

Le peuple fait du bruit. Le futur raccourci
    Perçoit le jargon d'un gavroche :
« Gare à ton tourniquet : c'est la veuv' qu'est ici ;
    « Hé ! Gamahu ! la v'là qu'approche ! »

Entre nous ce doit être un bien mauvais moment
    Quand rôdent près de la cellule
Ces *Messieurs* causant bas et marchant doucement ;
    Quand partout le monde circule.

Mais c'est vite passé... Le rhum et le tabac
    Distribués à forte dose
Soûlent l'individu qui s'avance en zigzag,
    Indifférent à toute chose.

Plus cadavre que ceux qui sont dans les tombeaux,
    Sur la guillotine on le hisse.
Sans qu'il s'en aperçoive on en fait deux morceaux :
    C'est ce qu'on appelle un supplice.

Et dire que jamais, jamais un assassin
    N'a souscrit par reconnaissance,
Pour le plus petit buste au docteur Guillotin.
    Les assassins : ingrate engeance !

LES FORAINS

Pour vous chanter, héros, ma voix est bien fluette,
Car, hélas ! je ne suis qu'un tout petit poète.
Ils sont trop hauts pour moi les dieux et les colosses ;
J'aurai beau parler fort : ils ne m'entendront pas.
Je leur ferai l'effet de ces roquets tout bas
Dont ne se soucient point les énormes molosses.

Je ne suis pas de ceux qu'un vain essai rebute.
Je ne suis pas Titan fort musclé pour la lutte ;
Il me suffit d'atteindre aux oreilles des nains.
Car vous n'êtes pas tous des géants, des hercules,
Et l'on voit maintes fois des êtres minuscules
      Parmi vous, les Forains.

Au bruit n'étouffez pas les accords de ma lyre.
Cessez tout le vacarme et laissez-moi vous dire
Que je vous trouve beaux lorsque, gais papillons,
Au public ébahi vous étalez vos ailes ;
Lorsque, colimaçons, au pas des haridelles,
Vous rampez sur la route, enclos dans vos maisons.

Vous trimbalez partout votre humeur guillerette.
Plus sont nombreux les sots, plus grosse est la recette.

De la bêtise humaine il vous faut trafiquer.
Vous venez aux badauds offrir monts et merveilles,
Vos monstres fabuleux, des choses sans pareilles...
      Vivre, c'est se moquer.

Vos femmes en maillot font entrevoir leurs cuisses ;
Et vous, plus chamarrés qu'en l'église les suisses,
Vous allez au public servir un boniment.
Alors, roulez tambours ! en avant, la musique !
Et vous jouez des airs d'un entrain diabolique.
En un clin d'œil voilà tout un attroupement.

On vous écoute, on entre, on se pousse, on se rue.
A se suivre les gens ont l'instinct de la grue ;
Et, comme des oiseaux par les feux fascinés,
Ils sont pris au miroir. Vos tentes sont les phares
Où les faibles d'esprit, au son de vos fanfares,
      Vont se casser le nez.

Ensuite, sur la place, enfants, femmes et pîtres
Se remplissent la panse en vidant force litres.
Ils blaguent les clients, chevreuils et paysans
Ecarquillant les yeux, ouvrant la bouche ronde,
Tous les balourds qu'un rien met en stupeur profonde,
Ceux que nous nommons, nous, d'honnêtes artisans.

Parce que vous pouvez gruger tous ces bonshommes,
Vous vous dites : « Morbleu ! quels grands hommes nous
                  [sommes ! »

C'est bien votre penser ; sincère est votre erreur.
Tout le bonheur est là : de se dire un génie.
O trop heureux le fou qui n'a que la manie
      De se croire empereur !

Pourtant que montrez-vous comme des phénomènes ?
Des figures de cire ou des fatmas obscènes,
Des dompteurs qui souvent ne domptent rien du tout,
Etant eux-mêmes plus féroces que leurs bêtes.
Votre unique mérite est d'égayer nos fêtes :
C'est pour cela, dupeurs, que chacun vous absout.

Vous savez le moyen de subjuguer les masses.
Le peuple est à celui qui fait bien les grimaces ;
On obtient ses faveurs grâce à quelques bons tours :
Puis il porte gaîment son tribut, son obole.
Il préfère donner pour une cabriole
      Que pour un beau discours.

Les princes, voyez-vous, ne se font pas au moule.
Seuls sont rois ici-bas ceux qu'applaudit la foule,
Et je le plains celui qui tremble pour régner.
Mais vous, les forts des forts, jongleurs de toute sorte,
Pour garder votre sceptre il n'est besoin d'escorte ;
Et la couronne est stable à qui sait la gagner.

Vous allez, vagabonds, faisant vos promenades
Du pays de la pomme au pays des grenades.
Bien avant que l'hiver ait soufflé ses frimas ;

Quand la feuille jaunie au vent du nord frissonne,
Vous fuyez, vous cherchez une plus chaude zone
    Et de meilleurs climats.

Cabotins ambulants, les maîtres de la terre,
Votre gloire n'est pas restreinte ou passagère ;
Vous parcourez le monde et le monde est à vous.
Vous ne commandez pas, mais vous savez convaincre.
Votre parole peut mieux que le glaive vaincre.
De votre royauté tous les rois sont jaloux.

Votre sort je l'envie, hommes au teint de cuivre.
Je voudrais être libre et je voudrais vous suivre
Sur la route sans fin, de bourgade en cité.
Vivez, vivez contents dans votre insouciance.
A vous le ciel, l'espace ! A vous l'indépendance !
    A vous la liberté !

LE LION DES FOIRES

Avec ton œil éteint et ta posture veule,
Tu n'es plus, ô lion, le roi des animaux.
Ta majesté parfois ouvre-t-elle la gueule,
Ce n'est que pour bâiller derrière tes barreaux.

Tu n'as plus le poil noir et la forte carrure
Des brigands de l'Atlas, fils de la liberté ;
Tu n'as plus cette voix qui, dans la nuit obscure,
Fait frissonner l'Arabe au douar épouvanté.

Jamais on ne t'a vu, larron en embuscade,
Et bondir sur un bœuf et du coup l'étrangler.
On te donne à manger quelque viande malade,
Quelque carcan crevé qu'on vient de désangler.

Des chiennes en naissant tu partageas la niche ;
Tu perdis ta noblesse en suçant de leur lait.
Dans une peau de fauve on a mis un caniche ;
Tu n'as jamais été qu'un lion contrefait.

Tu t'endors ramolli, comme mort dans ta cage,
Et ton rugissement ne fait plus vibrer l'air
Quand un lâche valet pour exciter ta rage
Te cogne le museau de sa trique de fer.

On frappe ; tu frémis ; dans ta prison l'on entre :
C'est un forain botté. Tu rampes plein d'effroi ;
Tu t'étends à ses pieds ; il marche sur ton ventre,
Oh ! oui, c'est se moquer que de t'appeler roi !

LE CLOWN

Avorton disloqué, jaune et glabre banquiste,
Bâtard qu'on expulsa d'un trop plein d'hôpital,
C'est toi que, tout le jour, je vois errer si triste,
Toi qui sembles le soir un joyeux carnaval.

Et tu fais, je t'assure, un admirable artiste
Quand sur ta face on peint un rictus infernal ;
Quand lancé du tremplin au milieu de la piste
Dans ton saut périlleux tu franchis un cheval.

A la foule tu plais quand tu changes ta cotte
Pour ce maillot fripé, clinquant de camelote ;
Quand sur ta tête branle un grand toupet de crins.

Certes, c'est bien à tort que tant d'autres se plaignent.
Toi seul fus paria parmi tous ceux qui geignent :
Car pour nous amuser tu t'es cassé les reins.

L'HOMME SAUVAGE

Les cheveux longs et gras, l'œil injecté de sang,
　　La face couperose,
　　J'étais fait pour la chose :
Car je suis, à coup sûr, plus affreux qu'un orang.
　　Je me dis : « Mon ouvrage
　　« Est d'être homme sauvage. »

J'ai travaillé trente ans, trente ans j'ai dévoré
　　Des rats et des tripailles,
　　Des mous de toutes tailles ;
De cette carne infecte, ah ! j'étais écœuré.
　　C'est un bien sale ouvrage
　　Que fait l'homme sauvage.

J'amusais le public et l'argent des gogos
　　Tombait, tombait sans cesse :
　　J'ai vu pleine la caisse,
Mais, ces jours-là, combien j'avais l'estomac gros !
　　C'est un bien sale ouvrage
　　Que fait l'homme sauvage.

Dans ma cage de fer, les poignets enchaînés,
　　Je balançais mon être ;

Et je me laissais mettre
Tout comme aux ours méchants un anneau dans le nez.
     C'est un bien sale ouvrage
     Que fait l'homme sauvage.

Scrupuleux dans mon art, afin de mieux passer
     Pour sauvage authentique,
     Un valet d'une trique
M'enfonçait le thorax au point de le casser.
     C'est un bien sale ouvrage
     Que fait l'homme sauvage.

J'ai souffert tout cela... L'estomac trop gavé
     Répugne à la besogne.
     Alors c'est sans vergogne
Que mon maître, l'ingrat! me met sur le pavé.
     C'est un bien sale ouvrage
     Que fait l'homme sauvage.

J'ai servi dix patrons, dix barnums ont fait
     A me montrer fortune.
     Moi je n'en fis aucune,
Et je pars aussi gueux et bien plus contrefait.
     Me voilà sans ouvrage :
     Flambé! l'homme sauvage !

LES ZINGARI

L'homme marche devant en tirant par la tête
Le carcan esquinté qui trop souvent s'arrête.

C'est en vain qu'il le fouaille et qu'il crie « i ! dia ! »
La bête n'en veut plus : il faudra camper là.

La voilà leur maison, la voilà sur la route,
Et leur rosse affamée au fond des fossés broute.

Les maigres va-nu-pieds ont quitté leur taudis.
Ils errent dans les champs, ils volent, les bandits.

Une femme en haillons a préparé la soupe ;
En rond, dans les brancards, va s'assouvir la troupe.

Et bientôt la fatigue étend sur les grabats
Cette sainte famille aux cheveux noirs et plats.

Le lendemain matin au plus vite on attelle,
Sur la route à nouveau s'égrène la séquelle.

Ils vont, ils vont toujours ; leur voyage est sans bout :
N'étant de nulle part, ils sont chez eux partout.

PESSIMISME
(LE SIÈCLE)

Dans ce siècle pourri que la vermine ronge ;
Sur l'humus épuisé, surchauffé de fumier ;
Sous un rayon blafard que jusqu'ici prolonge
Un soleil qui s'éteint, l'homme n'est plus altier.

Sur les débris des temps, blême spectre d'un songe,
Il va, sinistre et froid, courant dans le sentier
Qui mène au dernier but. Il dit : tout est mensonge ;
Rien n'est vrai que l'amour dans ce sombre charnier.

Et par tous les moyens, par l'argent, par le crime,
Il lui faut des plaisirs à cet être victime
D'une époque en délire, aux instincts rebutants.

Les mœurs ont disparu, bientôt le front se plisse,
L'on voit l'adolescent se vautrer dans le vice,
Vivre comme la bête et crever à vingt ans.

L'ENFANT MORT

A Madame Charles d'Holande

Hier encor dans sa couchette
Souriait le bébé joufflu.
Le lait nacré sur sa bavette
Tombait en perles... Le goulu
Se hâtait de téter et rire.
La liqueur allait débordant ;
Et maman ne cessait de dire :
  « Quel détestable enfant ! »

(Oh ! vous savez de quel air gronde
Une maman : rien de plus doux,
Rien de plus caressant au monde
Que cette feinte de courroux.)
Mais un jour ce fut le silence :
Plus de gazouillis dans le nid.
L'enfant, qu'en chantant l'on balance,
  Pour toujours s'endormit.

Il est court le chemin qui mène
L'enfant du lit jusqu'au tombeau.
Couché dans le cercueil de chêne,
Ce corps aux chairs pâles, si beau
Dans ses falbalas de dentelles,
Ne sera bientôt qu'un poussier
Que le Temps, au vent de ses ailes,
  Va venir balayer.

Tu pleures ce fils, ton idole,
Perdu dans le sombre trépas.
Il est un penser qui console :
Pauvre mère, ne sais-tu pas
Que tous les enfants sont des anges ;
Que ceux qui nous disent adieu
Vont s'enrôler dans les phalanges,
   Là-haut, près du bon Dieu ?

Vois donc sur le rosier les roses :
Quelques-unes peuvent vieillir ;
Mais combien sont à peine écloses
Quand le maître vient les cueillir !
Rien n'a vaincu la main injuste
Qui coupe en leurs boutons les fleurs :
Et, comme toi, femme, l'arbuste
   Laisse couler des pleurs.

La Mort, en aveugle cruelle,
Marche toujours sans savoir où,
Frappe à tout hasard autour d'elle
En poussant son cri de hibou.
La Mort, c'est un faucheur superbe
Abattant le petit oiseau
Dont le nid est caché sous l'herbe,
L'enfant dans le berceau.

FILS DE RICHE

O toi, le fils du riche, élevé dans la plume,
    Sur les mols matelas ;
Enfant trop fagoté dans l'élégant costume
    Garni de falbalas ;

Toi qui, quand il fait froid, rétrécis ton domaine
    Au salon paternel ;
Dont le front ne heurta qu'un sol de haute laine
    Ou le sein maternel ;

Bébés par trop gavés de lait, de confiture,
    Qui rechignez sur tout,
Qui ne prenez jamais un brin de nourriture
    Sans un brin de dégoût ;

Vous, toujours prisonniers, enfants auxquels on donne
    Un soin trop rigoureux ;
Vous qui traînez partout pour gendarme une bonne,
    Vous n'êtes pas heureux.

ENFANTS DE GUEUX

Mais, petits va-nu-pieds, vous trépignez de joie
  Dans l'habit d'un rustaud.
Vous ne regardez pas s'il est elbeuf ou soie
  Pourvu qu'il tienne chaud.

L'hiver, le nez au vent, vous courez dans la rue
  En soufflant dans vos doigts.
Il neige à gros flocons et la bande se rue
  Sur ces duvets si froids.

J'aime ces affamés qui, sans grimace, avalent,
  Qui n'ont jamais assez ;
Qui chez un pâtissier pour un sou se régalent
  De vieux gâteaux cassés.

Le bonheur est au gosse abandonné qui rôde
  Au grand soleil d'été,
Vagabondant toujours, vivant de sa maraude,
  Fier de sa liberté.

INCENDIE DE L'OPÉRA-COMIQUE

« Ce n'est rien, » dit l'acteur, d'un flegme d'apparence :
Et le décor là-haut, rouge d'incandescence,
Scintille de partout, flamboie et puis s'abat,
Illuminant la scène au clair de son éclat.

C'est le sauve-qui-peut, tohu-bohu de foule
Qui s'écrase pour fuir le monument qui croule.
Et dans tout ce vacarme et tout ce train d'enfer,
Un seul cri s'entendait : « Bas le rideau de fer ! »

C'était déjà trop tard : la flamme en arabesque
Sortait comme d'un four à gueule gigantesque.
Tout brûlait sous la chauffe énorme et sans merci :
Les bancs et les fauteuils, les spectateurs aussi.

Ni l'éclair fulgurant qui brille en météore,
Ni l'ardent feu du ciel sur Sodome et Gomorrhe,
N'ont fait œuvre plus prompte et réduit à néant
Un groupe si nombreux en si petit instant.

Pis qu'un troupeau de bœufs affolés par *la mouche*,
Les apeurés fuyaient devant la mort farouche ;
Et, les yeux effarés et les traits grimaçants,
Ils marchaient sans pitié sur des agonisants.

Combien sont restés là dans l'épaisse fumée,
Morts derrière une porte obstinément fermée,
En entier consumés sous les lambris en feu
Par la flamme du diable ou celle du bon Dieu.

Quand des loges l'on put monter ouvrir les portes,
Sur les sièges roussis, des demoiselles mortes
De rire se pâmaient ; des cadavres hideux
Semblaient encor narrer quelques potins scabreux.

Que de gens inconnus, voyageurs solitaires,
Fertilisent le sol de leurs cendres amères !
Hélas ! que d'étrangers que nul n'a reconnus
Sont pour toujours classés parmi les disparus !

Mais pourquoi donc pleurer quand la victime expire,
L'air satisfait, joyeux, sur les lèvres le rire ?
Ceux que l'on retrouva convulsés par la peur,
Ah ! ne les pleurez pas : ils sont morts sans douleur.

PATINAGE

La belle qui trace
Son trait comme un ver,
Sans se sentir lasse,
Court comme l'éclair.

Rapide, elle passe
Sur la lame en fer,
Franchissant l'espace
D'un vrai train d'enfer.

Mais le patin casse,
— O destin amer : —
Voilà sur la glace
Ses jambes en l'air.

Souvent, quoi qu'on fasse,
Sur le verglas clair
La plus ronde face
Se blesse l'hiver.

Il faut de l'audace :
Mais on a du flair
Si l'on matelasse
Le rein pauvre en chair.

REVIENS, SOLEIL !

Le ciel a des tons indécis.
Le vent fait courir dans l'espace
Le nuage gris de souris
Qui du soleil pâlit la face.

L'astre géant semble gelé.
On le prend quasi pour la lune
Avec son crâne tout pelé
Et sa tête en forme de prune.

Dis-moi, qu'as-tu fait de tes ors ?
Qu'est-ce qui t'en fait tant rabattre ?
Tu deviens très rare et tu dors
Au moins seize heures sur vingt-quatre.

Il faut secouer ta torpeur,
Te fourrer de la flamme au ventre,
Reprends donc un peu de couleur :
Que ton feu sur nous se concentre.

Que sous ta chauffe le gosier
Ait besoin de vider des coupes ;
Et mets par ton ardent brasier
La sueur sur toutes les croupes.

Inonde la fleur de pollen
Et fait que chaque œuf ait son germe.
Fais de notre terre un Éden
Où l'amour n'aura point de terme.

Reviens... Cesse enfin de chômer.
Revive tes chaleurs fécondes :
Alors on pourra te nommer,
Puissant Soleil, le roi des mondes.

LE PÊCHEUR

A LA LIGNE

Enfin, voilà le samedi.
Il dort trois heures... et, hardi !
Le corps de sommeil engourdi
    Il part en pêche.
Il faut dès minuit se hâter.
Si du poisson on veut tâter
On doit au plus vite appâter :
    Il se dépêche.

Le rural, par la peur tenu,
Tremble en voyant cet inconnu,
Porteur d'un long roseau menu,
    Qui l'importune.
Le grand fantôme du manoir
Perçoit son casque en entonnoir
Et dit : « Quel Don Quichotte noir
    « Cherche fortune ? »

Il allonge toujours le pas.
Ce soir, de gardons quel repas !
Et las, il ne s'arrête pas :
    L'espoir le grise.
Enfin le voilà sur le bord.
Il se met en quête d'abord
Du seul bon endroit où ça mord.....
    La place est prise.

Trop tard !... Il regrette beaucoup
Ce malencontreux contre-coup.
Il cherche et trouve un autre coup.
    Il tend ses lignes.
Il pêche... Hélas ! c'est sans succès :
Tour à tour ses crins sont cassés,
Car tous les fonds sont tapissés
    D'algues malignes.

Un torride soleil reluit
Et pas le plus petit réduit ;
Partout l'astre étincelle et cuit
    L'homme et la terre.
Voyant l'asticot butiner
Sur le jambon du déjeuner
Il est bien forcé de jeûner :
    Du pain, c'est guère !

Et le pauvret, le soir, rentra
Sec et maigre comme un iota.
Les poissons il les remplaça
    Par une andouille.
Plaignez mon pêcheur malheureux
Qui nous revint cadavéreux,
Le ventre plat, l'estomac creux,
    Et puis... bredouille.

MA MAISON

A quelques pas de l'Indre et non loin d'une gare,
Dans un affreux chemin moitié boue et gazon,
Dans un coin où jamais l'étranger ne s'égare,
Dans un vaste jardin se trouve ma maison.

Ce n'est pas un palais aux toits plombs et ardoises ;
Ce n'est pas un hôtel aux étages nombreux.
Ma maisonnette n'a qu'à peine quelques toises :
C'est dans un petit nid qu'on est toujours le mieux.

On y vit en sauvage, on sommeille tranquille.
Toujours frais et dispos on se lève matin.
On travaille la terre en bourgeois malhabile :
Bêcheur en redingote, en gilet de satin.

Le madré paysan qui dans le sentier passe
Rit de voir le « Monsieur » suer, bomber le dos :
— Il fait si vite chaud et la terre est si basse ! —
Il croit que les « villauds » les ont en long les os.

Qu'importe que l'on sue et que mal on travaille
Pourvu qu'en fin de compte on avive sa faim ;
Qu'importe qu'on vous voie essarter et qu'on raille
Quand le pan de l'habit balaye le terrain.

Si ce jardin si grand je le peigne et l'arrange
Ce n'est point que j'espère en augmenter mon bien.
Je récolte si tard ! et les fruits — quand j'en mange —
Ailleurs depuis longtemps se vendent presque rien.

Mais à cela j'y gagne un estomac d'autruche :
Rôti, bouilli, ragoût, andouille et pâté lourd,
Les bons vins du pays servis à pleine cruche,
Tout est bien digéré dans le temps le plus court.

*
* *

Quand tout dans mon enclos est dans le meilleur ordre,
Je m'arme d'une gaule et je vais au bateau.
Bien à l'ombre, je vois si le gardon veut mordre
Et, frétillant, sauter jusqu'en mon sentineau.

Mais si ça ne mord pas, je rêve ou je sommeille ;
J'entends la poule d'eau pousser ses aigres cris ;
Je regarde flotter éperdue une abeille
Ou choir un moucheron qu'un dard a bientôt pris.

J'aperçois un gros rat ronger une racine,
Des oiseaux voltiger sur tous les joncs épars,
Un serpent rouge et or, à tête vipérine,
Doucement se glisser parmi les nénuphars.

Mais soudain les poissons ont terminé leur sieste.
Les voilà sur l'appât en train de se gorger :
C'est l'instant de ferrer et d'avoir la main preste.
On en perd à ce jeu le boire et le manger.

Dans l'horizon brumeux le soleil tombe en boule.
Son vaste éventail d'or avec lui s'engloutit.
L'ombre gagne et sur l'eau la vapeur se déroule.
Je démarre au plus tôt sentant que l'air fraîchit.

Je pars toujours trop tard : ma femme sur la rive,
Le regard anxieux, ne cesse d'appeler.
« Vous voilà donc, Monsieur ; il est temps qu'on arrive ;
« Bien sûr que le rosbeef va trop cuire, ou brûler... »

On me boude un instant ; on a quelque indulgence,
Et tout est pardonné quand on franchit le seuil.
Puisse durer cent ans cette heureuse existence,
Puis, un soir, fatigué, m'asseoir dans mon fauteuil

Et tout béatement m'en aller de la vie !
Que mes petits-enfants, sans soupçonner ma mort,
S'expliquent le silence auquel on les convie
Quand Maman leur dira : « Chut ! pas de bruit : il dort. »

L'EMPLOYÉ DES P. F.

Qu'importe d'être croque-mort
Pourvu qu'on puisse boire un verre !
Que d'autres maudissent leur sort !
Moi, je suis heureux sur la terre.

Il est bien sombre notre habit
Et bien macabre est la besogne.
Pour varier, je me suis dit :
Mon vieux faut te rougir la trogne.

Que de vin il faut engloutir
Pour n'avoir pas la face mate !
Que j'ai de peine à maintenir
Mon nez dans sa couleur tomate !

Un seul litre me fait pleurer
Mais deux et plus ça me fait rire.
Aussi quand je vais enterrer
Je sais ce qui doit me suffire.

Quand je reviens à la maison,
Pour ramener la rigolade
Au plus vite à plus d'un flacon
Je donne une fière accolade.

Pour grimper à Monte-à-regret
Elle est fatigante la route ;
Mais on fait signe au cabaret
D'avoir à nous servir la goutte.

Le char est à chacun son tour.
Oh ! pour l'aller je n'y tiens guère ;
Il est trop juste qu'au retour
Sur sa rallonge on nous tolère.

Ah ! si la mort au nez camard
Venait me tasser dans ma boîte,
J'irais alors en corbillard :
Ce n'est point ce que je convoite.

Qu'importe d'être croque-mort
Pourvu qu'on puisse boire un verre !
Que d'autres maudissent leur sort !
Moi, je suis heureux sur la terre.

A la mémoire de Léonard Guinola

Ce ne fut pas petite chose :
Péniblement sa mère l'enfanta.
Mais, quand de là se dépêtra
Guinola,
Il était quasi mort, la face couperose.
En poussant un soupir tout le monde cria :
Alleluia ! Alleluia !

Jeune, il grandit dans la misère ;
Pas tous les jours, le pauvret, il mangea.
Mais, sitôt qu'il put, s'engagea
Guinola
Qui fut, — le point veinard —, désigné pour la guerre.
Il en revint le flanc blessé par un obus.
Te Deum laudamus...

Tout balafré qu'on soit, on aime.
Pour presque rien vite il se maria ;
Et le curé congédia
Guinola
Le plus rapidement, se disant en soi-même :
En voilà pour l'argent ; n, i, ni, c'est fini.
Multiplicamini.

Son épouse ne fut pas tendre
Mais malgré ça treize enfants lui donna,
Et puis un jour abandonna
Guinola.
Malheureux jusqu'au bout, il n'eut plus qu'à se pendre.
C'est du moins ce qu'il fit. Content il s'en alla.
Dies iræ, Dies illa...

Avant qu'on le couvrît de terre,
Un sien ami de la sorte parla :
« C'est un brave homme qui s'en va,
Guinola.
« La vie, hélas ! lui fut bien dure et bien amère ;
« Mais que le ciel lui soit un éternel Eden !
« *Amen !* »

SONNET A LA MORT

L'homme, cet être ingrat, te fuit comme la peste,
T'affuble d'un linceul et t'arme d'une faux ;
Et c'est toi qu'il maudit, toi dont le plus beau geste
Est de l'arracher à ses maux.

L'enfant trop délicat, le vieillard qu'on moleste,
L'ouvrier qui s'éreinte à de trop durs travaux,
Tu viens les soulager ; d'une main bonne et preste
Tu les couches dans tes tombeaux.

Aux manants tu sais joindre en ta macabre ronde
Les princes et les rois et les gens du grand monde,
Et du coup briser leur orgueil.

A cette Mort qui vient achever tout martyre ;
A cette égalitaire esquissons un sourire ;
Faisons-lui le meilleur accueil.

———

MOURIR

Quand on assène au bœuf un grand coup de massue,
Qu'il s'abat sur la dalle, et lorsqu'on lui remue
D'un osier tout sanglant cervelle et cervelas ;
Quand on lui fend le cœur d'un large coutelas ;
Quand il est là fumant, qu'il pantèle et gigote
En maculant de bouse un pan de sa culotte,
Ah ! ne le plaignez pas : il n'a jamais souffert.
Pas plus son front meurtri que son flanc entr'ouvert
N'ont causé de douleur à cette bête brute :
Sans s'en apercevoir il a fait la culbute.

Il est heureux le bœuf d'avoir un tel trépas,
De tomber jeune encor quand on ne souffre pas,
De s'en aller repu, béat et plein de graisse :
A peine éprouve-t-il un instant de détresse.

* **

Mais je plains le vieillard de quatre-vingt-dix ans
Qui passe un demi-siècle à seriner les gens ;
Auquel il faut soigner l'estomac et la tête ;
Qui gourmande toujours, qui pour un rien tempête ;
Ce vieux *Jamais-content*, hargneux, auquel il faut
Son potage moins froid, son lavement plus chaud ;
Qui bave et qui ne veut qu'on le mette en bavette,
Qui perd ses excréments sans avoir de layette.
Personne assurément ne voudrait d'un tel sort :
Car de vivre à ce prix il vaut mieux être mort.

Mourir, si vous saviez, ah ! c'est si peu de chose !
La vie en notre corps n'est presque pas enclose.
Il advient que, parfois, le temps de pousser : « ha ! »
L'âme dans un hoquet, dans un souffle s'en va.

LES EXTRÊMES

On préjuge de tout et toujours sans raison.
Un gendre (à ce qu'on dit, c'est une sale engeance)
Avait, le malheureux, logé dans sa maison
Une belle-maman (féroce, comme on pense).

Un beau jour (je dis beau parlant de la saison),
L'épouse s'en alla (simple coïncidence)
Alors qu'un régiment changeait de garnison.
Le mari (très... content) se dit : voilà ma chance ;

C'est l'instant de chercher une femme à mon goût.
Le pauvre eut beau courir, il ne trouva partout
Que laide, acariâtre ou langue de vipère.

A la fin, fatigué de tout cet aria,
Savez-vous avec qui l'homme se maria ?
Je vous le donne en cent... avec sa belle-mère.

———————

HISTOIRE PROBABLE DU SOLEIL

Autrefois — il y a de cela bien longtemps —,
Du temps où Josué courait la Palestine,
Le soleil était mûr dessus les firmaments
Par des dieux, des géants qui poussaient de l'échine :
Et l'orbe d'or roulait autour de l'univers.
Tels on voit nos enfants au plus fort des hivers
Amonceler la neige en la mettant en boule :
Et le globe glacial, sous l'effort des reins, roule.

Josué par les champs trimbalait ses Hébreux,
Un tas de pèlerins, tous sales et pouilleux.
La prude Jéricho vite ferma sa porte,
Bien plus par peur des poux que par crainte des gens.
Le divin Josué s'en tira de la sorte :
Il souffla dans son cor de ses poumons puissants
Et le mur, qui sans doute était en carton-pâte,
   Tomba...
On lutta corps à corps et, comme il avait hâte
D'en finir, ne voulant à tout prix coucher là,
De ses deux mains il fit un porte-voix superbe ;
D'une voix de Stentor, il cria furieux :
« Arrête-toi, Soleil, la rosée est sur l'herbe
« Et je crains fort, ma foi, d'enrhumer mes Hébreux ! »

De ce jour le soleil ne quitta plus sa place ;
Il cessa de marcher, de tourner dans l'espace.
Il avait pour toujours au loin chassé la nuit,
Car ses rayons vermeils brillaient même à minuit.

En vain tous les géants voulurent rouler l'astre
Et Jupiter se dit : « Bigre, c'est un désastre !
« Je vais avoir sous peu des milliers d'importuns
« Qui vont venir se plaindre et me prier : les uns
« De leur donner la nuit, les autres, la lumière.
« Encor, si ce coquin retournait en arrière !
Essayons. » Et le Dieu poussa, s'usa la peau ;
Et le soleil rétif refusa de nouveau.
« Mais trêve à tant d'efforts ; je vais ranger la chose :
« Les mondes désormais vont tourner dans l'Ether,
« Et chaque peuple alors absorbera sa dose
« De rayons réchauffants. » Ainsi fit Jupiter.

O papes et prélats, cessez toute encyclique ;
Et vous, savants fameux, ne criez pas si fort :
   Tôt ou tard tout s'explique.
Galilée a raison ; la Bible n'a pas tort.

LE COCHON GRAS

C'était quelques semaines
        Avant le carnaval.
Un de ces porcs aux énormes bedaines
Disait : « Ces pauvres gens se donnent bien du mal.
        « Pour moi la chambrière
    « Fait par jour vingt fois le chemin
    « De la cuisine à ma litière. »
    Il disait bien « litière » : le gredin
    Avait tellement pris du ventre
    Qu'un soir il ne put plus bouger.
    On lui jeta de la paille entre
        L'étable et le verger.
    Il campait. Nul besoin de tente ;
        Son lard le tenait chaud.
Par sa graisse alourdi, sa marche était fort lente ;
        Il ne fut pas arrivé tôt
        S'il eut voulu regagner son étable.
De plus, comme l'endroit était couvert de sable,
        Je gage bien
Qu'il eût fallu porter à deux mètres l'étape.
        Mais tout cela n'est rien :
Il pouvait au plein-air se moquer d'Esculape.

Il était caressé par toute la maison ;
Et si Médor osait venir laper sa soupe
        On le chassait à grands coups de bâton.
« Ah ! se répétait-il, quand il voyait en groupe

« Ses maîtres l'admirer,
« Ma reconnaissance est très grande ;
« Je ne pourrai jamais tous les rémunérer. »
Il eût voulu du groin baiser toute la bande.

Mais voilà qu'un beau jour
Un homme en tablier vient dans la basse-cour.
Le porc en indiscret écoute.
Ainsi parlaient ces assassins :
— Il sera succulent, sans doute.
—, Et moi je vous promets dix aunes de boudins.

Le cochon comprit tout : il fallut laisser faire.
Il était tenu là
Par son trop gros derrière.
On le tua.

Richard sordide et vieux, prends pour toi cette fable.
Si tu vois, gros gaga, tant de gens te gorger,
Tout un monde être affable,
Crois-moi, c'est pour te mieux manger.

VIEUX FLACON

Dans un moule glaiseux doucement il s'enclave.
De partout il se cale : il a peur de rouler.
Depuis bientôt trente ans il dort là dans ma cave
Où jamais un mortel n'est venu le troubler.

Autour de son goudron le salpêtre se grave ;
Sur son ventre Arachné ne cesse de filer.
Parmi les poussiers gras chaque limace bave
Et d'un sillon visqueux vient le barioler.

Vase que le moisi pique de ses pustules,
Toutes les saletés et toutes les macules
Sont autant de beautés qui font ton ornement.

Pieusement je vais t'arracher de ta couche ;
Dans un baiser unir ton goulot à ma bouche,
Humer ton divin piot, te vider lentement.

LARMES ET RIS

Du sphincter endormi
Trompant la vigilance,
Un doux pet a gémi
Dans la noble assistance.

Il est parti moelleux,
Fin comme un son de flûte ;
Et le gaz vaporeux
Se dissipe en volute.

Le bruit de ce pétard,
Ce souffle de nonnette,
Attire le regard
Sur la jeune Suzette.

Elle, la pauvre enfant,
Rougit, rougit sans cesse ;
Et maman en grondant
La chasse avec rudesse.

Au milieu de ces gens
Elle passe confuse :
Les pets sont indécents
Et restent sans excuse.

En pleurant à sanglots
Elle court à l'office :
— Pourquoi des pleurs à flots ?
— J'ai pété, ma nourrice.

* * *

Le soleil a dardé
Et la soirée est chaude ;
Sur le seuil attardé
Chaque habitant clabaude.

Des manants bien nourris
Lâchent des bruits qui tonnent
Sur des bancs mi-pourris
Dont les bois secs résonnent.

Chacun de s'esclaffer,
De péter à la ronde.
A quoi bon étouffer
L'enfant qui vient au monde ?

Comme le bâillement
Le pet se communique ;
Alternativement
On fait de la musique.

Soprani sont les uns ;
Les autres, contrebasses.
D'accords et de parfums
S'inondent les espaces.

Quand les tristes bourgeois
Sournoisement se vident,
Les joyeux villageois
Par les pets se dérident.

LE LIÈVRE

Les chiens suivent toujours ; leurs pattes sautent lourdes ;

Ils seront tôt à bout ; leurs voix deviennent sourdes.

Et, tout épouvanté, le lièvre haletant

Va, vient, revient, zigzague et puis enfin s'arrête,

Regarde, écoute... rien : il s'assoit hésitant...

Embusqué, le chasseur crible la pauvre bête.

LES LAPINS

La nuit on peut les voir par un beau clair de lune,

Allant, courant, chacun auprès de sa chacune,

Pendant que les petits dansent dans le rond-point.

Ils fuient, ces diablotins, sitôt qu'un renard point.

N'aperçoivent-ils pas au loin son ombre brune

S'allonger et grandir sous le beau clair de lune.

LE PAPILLON

Au printemps, quand vers nous viennent les hirondelles,
Il sort de sa torpeur le léger papillon.
Sous un tiède rayon il déplisse ses ailes
Et le voilà qui part, minuscule oisillon.

L'astre d'or fait jaillir sur lui ses étincelles
Et l'insecte est teinté blanc, jaune et vermillon :
Flocon fait de duvets et de fines dentelles
Perdu dans les remous d'un soudain tourbillon.

L'infime roi de l'air, dans sa majesté lasse,
Ivre de liberté, de lumière et d'espace
Redescend lentement sur les roses dormir.

De nectar et d'amour il prend à pleine bouche ;
Puis, sans aucun regret, pour toujours il se couche.
Il sait bien que la vie est AIMER et MOURIR.

————

¡ POBRE DE MI !

J'ai quitté le pays, le beau pays d'Espagne,
    Pour fuir à l'étranger.
J'ai préféré le vin, le bon vin de Champagne
    Au fruit de l'oranger.

A des yeux de vingt ans Paris luit comme un phare,
    Volage, j'accourus
Chanter, danser et rire au bruit de sa fanfare.
    O beaux jours disparus !

Je ne suis plus Carmen, la jeune Madrilène.
    Tout autre est ma chanson.
Maintenant je roucoule une autre cantilène :
    Je suis Mimi Pinson.

***

Mimi Pinson, c'est la cigale
Qui se moque de la fourmi,
Mais qui, l'hiver, meurt de fringale.
    ¡ Pobre de mi !

J'eus des amants... qui sait le nombre !
Jamais un véritable ami.
Du bonheur je n'en eus que l'ombre.
    ¡ Pobre de mi !

Je jette un coup d'œil dans ma glace :
« Déjà des cheveux blancs, Mimi ? »
Comme un printemps la beauté passe.
    ¡ Pobre de mi !

Point d'amoureux sans minois rose.
Le front ridé, le teint blêmi :
Je ne suis plus bonne à grand'chose,
    ¡ Pobre de mi !

Car sans l'amour, nous autres femmes,
Nous sommes mortes à demi.
Il n'est pas gai l'âtre sans flammes.
    ¡ Pobre de mi !

Dieu ! me verrait-on vieille et veule ?
A le penser j'en ai frémi :
Mieux vaut mourir que d'être seule.
    ¡ Pobre de mi !

Et quand mon corps au cimetière
Sera pour toujours endormi,
Personne à prier sur ma pierre... !
    ¡ Ay de mi !

LA FIANCÉE

Je pars bien loin, ma mie,
Sur un îlot perdu ;
Mais dans deux ans, ma mie,
Je te serai rendu.

Notre serment, ma mie,
Par nous deux est écrit ;
Malgré cela, ma mie,
Bien triste est le conscrit.

Soigne-toi bien, ma mie
Et songe à notre amour ;
Sois fidèle, ma mie,
Jusques à mon retour.

Mais le cœur de ma mie
Ne se consolait pas,
Et tous les jours, ma mie,
Pleurait, pleurait tout bas.

— Amant, disait ma mie :
Vas-tu bientôt venir ?
— A tes vingt ans, ma mie,
Mon congé doit finir.

Comme rose, ma mie
A l'automne pâlit :
Et malade, ma mie
Sans cesse s'affaiblit.

Sois contente, ma mie,
Je reviens au pays.
Nos deux cœurs, ô ma mie,
Enfin seront unis.

Gai, j'accours chez ma mie ;
Gai, je frappe à la porte :
« Viens vite ouvrir, ma mie ! »
... La pauvrette était morte.

BLANC ET NOIR

Oh ! bien mignonne était la gentille Pierrette
Avec son travesti de satin blanc et noir.
C'était de tout le bal certes la plus coquette :
Du plus froid des sultans elle eût eu le mouchoir.

Les yeux brillants d'amour, et folle et guillerette,
Elle allait et venait, riait d'apercevoir
Dans la glace en valsant sa grande collerette.
Jamais on ne la vit plus belle que ce soir.

Qu'il est court le chemin de la vie à la tombe !
Des bras de son danseur elle s'échappe et tombe :
La voilà sur le sol et tout le monde autour.

Et le soleil levant par la vitre brumeuse
Jetait son rayon d'or sur la morte rieuse.
Jamais on ne la vit plus belle que ce jour.

A la mémoire de Mercédès J.

Fille, je t'admirais dans ta forte carrure,
Dans la fraîche beauté que donnent les vingt ans ;
Et je te comparais, puissante créature,
Au robuste courson que pousse le printemps.

Prenez bien garde : il est fragile comme verre.
A le frôler à peine il se casse sans bruit ;
Puis, au soleil de mai, se dessèche par terre
Le rameau qui contient et la fleur et le fruit.

Comme lui tu croissais et vivace et bien saine
Quand tu fis aux amants un trop précoce accueil.
Tu vins prendre ta part de leur orgie obscène
Et du lit de l'amour tu tombas au cercueil.

Ah ! puisses-tu là-haut trouver une couronne !
Que le ciel ne soit pas obstinément fermé !
O pauvre Mercédès que Jésus te pardonne :
Elle aussi Magdeleine avait beaucoup aimé.

GARE !... LA LUNE !

Un illustre lunaire ou bien un lunatique,
      — Je ne sais pas très bien
      N'étant pas académicien
    Mais seulement rimailleur famélique —,
Donc un des habitants de ce fromage blanc
      Que nous mettons au rang
        Des planètes,
     Regardait, dans des lunettes
      De son invention,
Une énorme compound roulant en avalanche,
Etalant sur son dos sa longue antenne blanche.
Quel bonheur s'il eût eu dans sa collection
     Ce terrestre scarabée !

Scrutant encor l'espace, il resta bouche bée.
Legagneux ce jour-là pilotait un biplan,
Et volait vers la lune avec un tel élan
      Que notre homme,
    Naturaliste aussi bien qu'astronome,
Courut vite chercher son happe-papillon,
Une épingle d'acier pour fixer ce moustique
     Qui droit dans l'astre pique...
De retour il le vit, blanc et svelte oisillon,
Comme un flocon planer et se laisser descendre.
Mais l'enluné savant espère un jour le prendre.
Ayant remis l'épingle en son étui de bois,
    Il dit : « C'est pour une autre fois. »

LE CHEMINEAU

Depuis bientôt trente ans je vis comme les gueux,
En loques, en haillons ; et ce n'est point par pose
Que j'ai la barbe hirsute et si longs les cheveux :
Ma tête est bien au chaud dans tout ce poil enclose.

A l'abri des grands bois je dors comme je peux.
Mes poux à ce régime ont un teint frais et rose,
(Les gaillards ne sont pas bien sûr tuberculeux)
Et, Juif-Errant moderne, il me faut peu de chose :

La liberté, l'air pur, un rayon de soleil,
L'eau du ciel et du pain, le fruit rouge ou vermeil
Que vole sans pudeur la gent qui vagabonde.

Où je cours ? où je fuis ?... Ma foi, je ne le sais.
Je vais, je vais toujours sans arriver jamais.
Mon voyage est sans fin puisque la terre est ronde.

TABLE

Sang vieux 5

Lise 6

Bonaparte... 8

Jacques Bénézec.................................. 10

Le Songe — Napoléon............................ 12

Le Rêve 14

La Mort de Sardanapale......................... 16

Les Pharaons.................................... 18

Aux Ouvriers................................... 22

Episode de la Commune (1871).................. 23

La Prière du Pauvre............................ 24

Le Cheval du Boueur 25

Le Phtisique...................................... 26

L'Abandonné..................................... 27

Billot, Corde et Triangle........................ 28

Les Forains....................................... 30

Le Lion des Foires.............................. 34

Le Clown... 35

L'Homme sauvage 36

Les Zingari 38

Pessimisme (*Le Siècle*)......................... 39

L'Enfant mort.................................... 40

Fils de Riche..................................... 42

Enfants de Gueux 43

Incendie de l'Opéra-Comique.................... 44

Patinage.. 46

Reviens, Soleil !.. 47

Le Pêcheur à la ligne 48

Ma Maison................................ 50

L'Employé des P. F................................. 53

A la mémoire de Léonard Guinola..................... 55

Sonnet à la Mort.................................... 57

Mourir.. 58

Les Extrêmes.................................. 60

Histoire probable du Soleil..................... 61

Le Cochon gras................................... 63

Vieux Flacon 65

Larmes et Ris................... 66

Le Lièvre. 68

Les Lapins....................................... 69

Le Papillon...................................... 70

¡ Pobre de Mi !.................. 71

La Fiancée.................... 73

Blanc et Noir 75

A la mémoire de Mercédès J.......................... 76

Gare !... la Lune !................................ 77

Le Chemineau... 78